아파트는 웃고
난 쩐에 울고
김정삼 시집
한누리미디어

## 차례

## 차례

# 아파트는 웃고
# 난 쩐에 울고

# 아파트 · 1

그것을 아는 사람이
그것을 몰라 아파트 값

# 아파트 · 2

아파트 값
거시기하는 사람이
거시기도 몰라서 거시기했어

# 아파트 · 3

아파트는 가라
객지 나와 고생하지 말고
너의 고향 찾아 가거라

# 아파트 · 4

사람 하나 죽이고 살리는 것이
아파트 값이다

# 아파트 · 5

아파 불어 터지고
아파 울지도 못하는 아파트
부식되어 울고 부서지고 있다

# 아파트 · 6

쩐 때문에 울고 웃는 쩐놀이
돈놀이 아파트놀이
가진 자들 심심풀이

# 아파트 · 7

찐전쟁 아파트전쟁
모두가 전쟁이다

# 아파트 · 8

찐부자 아파트부자
느그끼리 치고 박고
대대손손 원수 맺고 잘 살아라

## 아파트 · 9

울고불고 물어뜯고
흔들고 쓰리고 잘해 봐라

# 아파트 · 10

아파트는 천국
아파트는 지옥
천국과 지옥을 왕복했어도
남아있는 것은
부식되어 가는 아파트

# 아파트 · 11

찐일푼 없는 노무자들을
왜 때리고 울리는가

# 아파트 · 12

울 줄도 모르고 울 수도 없는
쩐전쟁 울리는 자 누구며
우는 자 누구야
망할 놈의 아파트
망하지 말고 잘 살아라

# 아파트 · 13

노동자도 울고 노무자도 울고
어디다 버릴까
아파트의 꿈을

## 아파트 · 14

아파도
혼자서 울고
누이 울고 불고 시집 가듯
혼자서 가거라

# 아파트 · 15

죽어도
혼자서는 갈 수 없어
홀로 간다

# 아파트 · 16

오르막길 험하고
내리막길 쉽지 않더라
쉬워도 길은 길 어두워서
내리막길도 어렵더라
아파트길은 길이 많더라

# 아파트 · 17

아파트 때문에
내 둥지는 파괴되고
아파트 때문에
산산조각이 났다

# 아파트 · 18

내 아파트 내 소유욕심 때문에
새처럼 훨훨 날아가 버린 아파트
아파트는 과욕으로
가정 파괴범으로
오늘밤도 나를 침몰시킨다

## 아파트 · 19

아파트는 범죄자
아파트는 파괴범
아파트 때문에
오늘도 날밤을 지샌다

# 아파트 · 20

아파트 때문에
울고 웃고 부서지고 쓰러지고
상처투성이 속에
나 여기 살아있다

# 아파트 · 21

노후 아파트
젊음도 늙음도 오직
소망은 아파트뿐이다
부모님 생각보다 직계가족 방계가족 할 것 없이
오직 생의 소망은 아파트뿐이다

# 아파트 · 22

아파트 때문에 쓰러지고 자빠지고
아파트는 날 보고 나는 아파트만 봐왔다
무엇 다른 생각이 있겠는가
자나 깨나 또 아파트 생각이지

# 아파트 · 23

아파트 아파트
그리고 또 아파트 때문에
어두운 밤이 밝아오도록
노래는 끝 없는 음반이다
아파트 아파트

# 아파트 · 24

아파트 때문에 아파서 울면서도
아파트 노래는 계속된다
죽어도 아파트 살아도 아파트

# 아파트 · 25

아파트야 살아서 돌아오라
천년만년 같이 살자

## 아파트 · 26

나도 살고 너도 살고
살고 살 수는 없을까
트야 트야 아파트야

# 아파트 · 27

서로 등을 기대고
힘주고 살자
든든한 삶으로
마음 놓고 큰기침하고 살자

# 아파트 · 28

바람이 분다 아파트 바람
태풍이 밀려온다
아파트 씹어 삼키려고
눈에 불을 켜고
나를 잡아먹을 기세다

## 아파트 · 29

우후죽순처럼 자고나면
자기 키만큼 커 있다 아파트
단어 밑에 줄을 긋고
무엇이라고 쓸까

# 아파트 · 30

너무 무겁고 너무너무 힘들다
너무 넓고 너무 높다
태풍이 불면 넘어질까 겁난다

# 아파트 · 31

태풍아 비바람아 불지를 마라
아파트가 뿌리째 뽑혀 날아갈까
두렵다

# 아파트 · 32

고을마다 도시마다
자고나면 자기 키보다 더 커 있다
키 키우기 경쟁일까
전쟁일까

# 아파트 · 33

사랑을 알 때쯤
사랑은 끝나고
오지도 않은 봄은
어디쯤에 와 있을까

# 아파트 · 34

아파트
부모님을 알 때쯤
부모님은 떠나가셨고

아파트
건강의 중요성을 느낄 때
건강은 무너지고

아파트
내 자신을 알 때쯤
많은 것을 잃었다

# 아파트 · 35

봄이 올 때쯤은
겨울이 길을 막고
두 손 휘저으며 오지 마라
어서 오라네 어서어서 오라네

# 아파트 · 36

여름이 먼저 와 봄길을 막고
여름아 어서 와 어서 와
봄보다 먼저 와
새로이 와주어 감사하다

# 아파트 · 37

자고나면 키가 크고
밤이 오면 눈을 감고 새로운 꿈을 꾸는 집
새로운 꿈의 아파트

# 아파트 · 38

어느 날도 울지 않은 날이 없었다
어느 날도 눈물 마른 날이 없었다
눈물과 나 나와 눈물
같이 오고 같이 간다

# 아파트 · 39

밤 11시 잠자세
배고파 못 잔다
잠은 잠은 무엇을 좋아할까
어린 날같이 참아 배고프면
잠부터 안 오더라 잠을 못 자더라

# 아파트 · 40

몇 년 만에 먹어본 홍어삼합
귀한 손님을 대하듯 먹었다
아들의 선물이었다

# 아파트 · 41

고생도 추억이다

# 아파트 · 42

아파 보면 안다
건강이 재산인 걸

# 아파트 · 43

세계 어디를 가야
아파트 씨를 가져올까

하늘 아래 어디쯤 가야
아파트 종자를 가져올까

지구촌 어디로 가야
아파트 씨를 구할까

# 아파트 · 44

논밭에 작물 심듯
산하에 수목 심듯 심어놓고
집 없는 이웃에게 한 채씩 주어야지
아파트
집 없는 민족에게 한 채씩 주어야지

# 아파트 · 45

그것 먹는 것이더냐
입는 것이더냐

# 아파트 · 46

그것 무엇에 쓰는 것이더냐
왜 목을 걸고 소유하려는 것이냐

# 아파트 · 47

그것 암수가 있더냐
철 따라 지고 피더냐

# 아파트 · 48

저 한강물은
내 눈물입니다

# 아파트 · 49

남산에 솟아있는 타워는
누구의 아픔으로 서있습니까

# 아파트 · 50

아파트에는
내 고향이 있습니다

# 아파트 · 51

세상에서 가장 아름다운 것
그리고 갖고픈 것

# 아파트 · 52

여자보다 앞서가는 아파트

## 아파트 · 53

미인보다 소유하고 싶은 아파트

## 아파트 · 54

너 살고 나 죽는다
같이 살고 같이 죽자

# 아파트 · 55

너 죽고 나 산다
너 때문에 나
밤마다 운다

# 아파트 · 56

밤마다 우는 것은
내 탓이올시다
아파트…

# 아파트 · 57

올시다 올시다 내 탓이올시다
오늘밤 내가 우는 것은
아파트 너 때문이올시다

# 아파트 · 58

아침이 오는 것도
아파트 때문이다
오늘밤이 어두운 것도
아파트 때문이다

# 아파트 · 59

아파트야 오너라
지동설로 오너라

# 아파트 · 60

아파트야 오너라
천동설로 오너라

## 아파트 · 61

임과 같이 오너라
같이 살자
그리고 같이 가자

# 아파트 · 62

너는 나의 꿈
꿈속에서 꿈을 꾼다

## 아파트 · 63

나는 왜 우는가
아파트 때문일까

# 아파트 · 64

내가 세상 사는 까닭은
아파트 때문일까
죽을 때까지 소유할 수 없는 것일까

# 아파트 · 65

내 생에 전부는 아니다
그러나 전부보다 많아 보이고 커 보인다
보기보다 높은 것이 키

# 아파트 · 66

내 생에 눈물이 무덤보다
깊고 크고 무서운 함몰이다

아파트는 배고픈 무덤
굶주림의 독나물

# 아파트 · 67

찐의 싸움 돈자랑

아파트 찐과 전쟁 넘어지고 무너지고
죽이기 위해 살아야 하는 운명

# 아파트 · 68

아파트는 살인 전과자의
적보다 무서운 높이로 서 있다

# 아파트 · 69

서민과 씨름
가진 자 가진 자들의 방패다

# 아파트 · 70

너는 왜 우느냐
아파트보다 더운
눈물을 흘리느냐

# 아파트 · 71

올랐다 내렸다 줄타기하는 아파트
곡예사의 일생이다

## 아파트 · 72

아침 열린다 하이얀 아침
문틈 사이로 보이는 하늘도 하이얗다

# 아파트 · 73

아침과 밤 사이에 하이얀 산하
온 세상도 사람들 마음까지도
눈부시게 하이얗다

# 아파트 · 74

노무현 김대중 대통령 같은
진 선거가 힘들다고 말한 것은
아파트가 없어서다

# 아파트 · 75

한가한 오후 반나절
잠이나 한숨 잘까

# 아파트 · 76

허리 아픈데
침을 맞으러 갈까
쓸 것 없는 반나절 짧은 것은
날씨 탓일까

## 아파트 · 77

느그들 늙어봤냐
나는 늙어봤다

## 아파트 · 78

가진 자들의 벼슬이다

# 아파트 · 79

없는 자들 죄 짓고 사는 것이다

# 아파트 · 80

젊은 날의 허망한 꿈의 무덤

## 아파트 · 81

잘 살면 아파트 있고
못 살면 아파서이다

## 아파트 · 82

올려보면 하늘 가리고
내려보면 왕대밭

# 아파트 · 83

밤에 보면 머리 푼 귀신
낮에 보면 좌우로
앞뒤로 흔들리는
술 취한 낮도깨비

# 아파트 · 84

하늘하고 가깝다

# 아파트 · 85

지구가 금이 가듯
주춧돌이 흔들리고
하늘과 바다가 서로 바뀌어
살아남기 위해 싸우는 것일까

## 아파트 · 86

언제쯤 없어질까
이렇게 뜨거운데 괜찮을까

# 아파트 · 87

아파트야 춥지 않니
옷도 안 입고 이 한겨울에
깨벗고 알몸으로 참 춥겠구나

# 아파트 · 88

아파트야 놀자
놀다가 비가 오면 피할 곳이 없겠다만
언제쯤 커 보일까

# 아파트 · 89

동전을 모아 아파트가 되려면
어떻게 모아야 아파트가 될까
한국지폐로 동전을 사서 쌓아야 될까

# 아파트 · 90

아파야 아파트지
서만 있는
키 크고 속 없는
멀대 같은 아파트다

# 아파트 · 91

하늘 향해 솟아나는 아파트들
자고나면 생겨나고
자고나면 올라만 가는 아파트들
너무 높이 올라가다 떨어지면 다칠라

# 아파트 · 92

오르다 오르다
다칠까 싶다

언제까지 오를 건가
어디까지 오를 건가

오르다 오르다 힘들면
쉬어가면 어떠리

## 아파트 · 93

올라도 올라도
너무너무 오른다 아파트 값

멈출 줄도 모르고
쉴 줄도 모르고
올라만 가느냐 아파트 값

# 아파트 · 94

너는 잠도 안 자느냐
밤낮 올라만 가느냐
떨어지면 욕볼라고

# 아파트 · 95

오르는 것 즐기다
내려올 때를 생각해 보아라
반듯이 내려올 수 밖에 없을 거다

# 아파트 · 96

삶은 전쟁이다
쩐과 전쟁 전쟁과 쩐
쩐 때문에 울고 웃고…

# 아파트 · 97

둥지는 희망이다
희망은 아파트 너 때문에
웃을 날이 없다

# 아파트 · 98

쩐과 아파트 전쟁중이다
서로 상처뿐이다
잠 오면 자면 될 것을

# 아파트 · 99

필요하면 사면 되지
고민은 왜 해

# 아파트 · 100

우산도 없을까
비를 맞고 서 있다
몹시 추워 보인다

# 아파트 · 101

춥고 시리다 그래야 겨울이지
밤공기 아침 서리가 길을 막고
돌아가라 손짓하네

# 아파트 · 102

밤 새 별일 없이 잘들 잤느냐
하룻밤 사이에 키가 커 보인다
그럼 내일 아침에 다시 보자

# 아파트 · 103

너무 높이 오르지 마라
떨어지면 욕본다
자빠지면 크게 다친다

# 아파트 · 104

서서 날밤을 보내고
아침을 마주한 아파트
피곤하게 지쳐 있다

# 아파트 · 105

눈바람에 막혀 가도오도 못하고
밤샌 얼굴 거룩거룩 하구나

# 아파트 · 106

아파트
가려거든 너만 가지
나도야 못 간단다

아파트
가려거든 너만 가지
죄 없는 내 삶을 왜 끌고 가느냐

## 아파트 · 107

헐어진 닻줄 잡고
이별인사 그만하자

# 아파트 · 108

떠날 사람 떠나거라
갈 사람 가거라
너도 가고 나도 가야지

# 아파트 · 109

자동차를 사자니 주차장이 없고
비행기를 사자니 활주로가 없네

# 아파트 · 110

차를 사도 어디 갈 데가 없다
어디 갈 곳이 없으니
차는 불필요한 물건이다

# 아파트 · 111

너도 눈물을 흘려 본 적이 있느냐
너도 아파 본 적이 있느냐

# 아파트 · 112

맨사댁이 서서 밤새도록
눈비를 다 맞고 있느냐

# 아파트 · 113

너도 배 아프고 설사를 할 때가 있느냐
독감기 들면 무엇으로 어떻게 하느냐

# 아파트 · 114

아파트가 몸살이 났다
그러나 약이 없다
무엇으로 치료를 해야 좋을지
미안한 생각뿐이다

# 아파트 · 115

너도 감자를 좋아할까
술도 한 잔 하는지
보기로는 대포 몇 잔은 할 것으로 보인다

# 아파트 · 116

아파트는 고향을 떠나본 적이 없단다
아파트는 무엇을 좋아하며 잘 먹을까
아파트도 주인네 발자국 소리를 듣고 살까
아파트도 추억이 있을까
누굴 사랑해 본 적이 있을까

# 아파트 · 117

인생 천하고 아파트만도 못한 삶
삶 가면 갈수록 멀어지는 아파트

# 아파트 · 118

아파트만도 못한
천한 물건이 내 인생
어디다가 버릴까

# 아파트 · 119

어머님 그곳에 계세요
내가 곧 어머님 곁으로 갈게요

# 아파트 · 120

아파트를 벗어나고 싶다
아파트를 떠나고 싶다

## 아파트 · 121

갈 곳이 정해진 것은 아니지만
지금쯤 어디든지 가야겠지요

# 아파트 · 122

가고 싶을 때 갈 수 있고
오고 싶을 때 올 수 있는
그런 곳 어디 없을까요

# 아파트 · 123

아파트가 없으면 조금 불편할 뿐
죄는 아니다

# 아파트 · 124

찐의 실탄을 쏟아부어도
쓰러지지 않는 아파트

## 아파트 · 125

나의 인생 탄탄대로는 없었다
항상 위험스런 날들뿐이다

# 아파트 · 126

아파트는
돈 버는 아파트 쩐 되는 아파트
사글세로 잠을 잔다

# 아파트 · 127

내 인생사는
사글세로 살다 간다
사글세로 돈을 빌려
전세로 살까

## 아파트 · 128

내 인생사는 사글세로 살아왔다
전세 월세 억울한 세상세
별별 세를 다 내도
갈 곳은 없다

# 아파트 · 129

아파트는 특권이 있다
잘 살 수 있는 권리를 누리고 산다

# 아파트 · 130

실패한 아파트 없다
연설은 명연설로
비전을 만들어 가야 한다

# 아파트 · 131

아파트는 책이 아니다
그러나 책속에는
세상 살아가는 이야기가 다 있다

## 아파트 · 132

조선은 원력에서 물러나 있었다
나도 조선 사람이다

# 아파트 · 133

역사도 권력도 어디에 있습니까
아파트에 빠져
나갈 수가 없네

# 아파트 · 134

아파트가 있으면 이 사회에 살 자격이 있고
아파트가 없으면 살 자격이 없으란 말입니까

# 아파트 · 135

나도 아파트에 살 자격이 있는 겁니까
입맛대로 솟아있는 조형물에
따로 살고 싶지는 않습니다

## 아파트 · 136

아파트 없다고 무시하는 것이
현실입니다

# 아파트 · 137

주거권이 어찌 아파트뿐이랴
내 입도 있습니다

# 아파트 · 138

토담집 싸리문
밥 짓는 연기는 향기로 피어
나는 연기 산하를
녹슬게 한다

# 아파트 · 139

잘 살다 갑니다
아파트 없어도 누군들 살 권리가 없으랴만
조금은 불편하더라

# 아파트 · 140

내가 나를 지키는 것
잘 살 수 있는 것은
꼭 아파트가 아니어도 잘 살 수 있다

# 아파트 · 141

날 찾아 줍고 가는 계절은
하룻밤 자고 나니 하이얀 세상
또 하룻밤 새고 나니 노오란 세상이네

오늘밤엔 파란 세상이
어둠을 가로막고 버티고 있네

자연은 요술쟁이인가 보다
마음대로 색채를 바꾸어
세상을 색칠한다

## 아파트 · 142

구름은 바람 없이 못 가고
인생은 친구 없이 못 사네

## 아파트 · 143

내 죄는 내가 아버지로 태어난 것
아들딸에게 큰 죄인 아닌 죄인이 되어
오늘밤도 눈물 속에 잠이 든다

# 아파트 · 144

보고만 살자
너는 날 보고
나는 널 보고

우리가 할 수 있는 것을
볼 수밖에 없다

서로 부족함을
보는 것으로 채우자

# 아파트 · 145

보고만 살아도
배불러 살고

그냥 그냥 살아도
부족함이 없다

동행 없이
어떻게 왔을까
여기까지

산은 그냥 커서
내 곁에 서 있네

# 아파트 · 146

님은 고와서 같이 살아가고
물은 소리 없이 바다로 가네
구름은 그림자 남기고 하늘로 가네

## 아파트 · 147

아파트에 살 권리는
누구에게나 있다
그러나 아파트는
누구에게는 있고
누구에게는 없다

# 아파트 · 148

아파트가 내게로 와
나랑 살고 싶어 한다
그러나 아파트가 없다
아파트가 오지 않는 것은
아파트가 없는 것
아파트가 없기 때문이다

아파트가 있으면 사람이고
없으면 무시당하는 세상

# 아파트 · 149

쩐이 되는 아파트
쩐이 쌓이는 아파트
쩐에 울고 쩐에 웃고
아파트는 쩐에 죽고 쩐에 산다

인생은 쩐의 노무자
쩐은 아파트 지배를 받는다

내 인생은 사글세로 왔다
월세로 내려간다

# 아파트 · 150

아파트가 없어 아파 울고
쩐이 없어 아파트가 운다

# 아파트 · 151

자식들보다 앞서가는
아파트
아파트보다 못한
피붙이들

# 아파트 · 152

아파트는 누굴 위해
싸우는 것인가
치고 받고 울고 웃고
사람들은
아파트 때문에 싸우고 쓰러진다

김정삼 시집

# 아파트는 웃고 난 쩐에 울고

•

지은이 / 김정삼
발행인 / 김영란
발행처 / 한누리미디어
디자인 / 지선숙

•

08303, 서울시 구로구 구로중앙로18길 40, 2층(구로동)
전화 / (02)379-4514, 379-4519
Fax / (02)379-4516
E-mail/hannury2003@daum.net

•

신고번호 / 제 25100-2016-000025호
신고연월일 / 2016. 4. 11
등록일 / 1993. 11. 4

•

초판발행일 / 2022년 10월 25일

•



•

값 12,000원

•

※잘못된 책은 바꿔드립니다.
※저자와의 협약으로 인지는 생략합니다.

•

ISBN 978-89-7969-860-2 03810